KB099203

적막은 새로운 길을 낸다

이 도서의 국립중앙도서관 출판예정도서목록(CIP)은 서지정보유통지원시스템 홈페이지(http://seoji.nl.go.kr)와 국가자료종합목록 구축시스템(http://kolis-net.nl.go.kr)에서 이용하실 수 있습니다.

(CIP제어번호 : CIP2020031823)

J.H CLASSIC 058

적막은 새로운 길을 낸다

이병연 시집

지혜

시인의 말

시골 학교와 면천 길에서 나눈 이야기가 시가 되었다.

두레박으로 길어 올린 사랑과 꿈
적막한 시간, 새로운 길을 열어가는 이야기를 담았다.

시로 삶이 말랑해졌다.

2020년 여름

이병연

차례

2부

3부

4부

- 일러두기
  한 연이 첫 번째 행에서 시작될 때는 > 로 표시합니다.

1부

빗방울 단상

온몸을 오그리며
유리창을 꼭 붙들고 있다

서로의 경계를 허물고
빗방울 두서넛 뭉쳐 흐르다

이리저리 쏠리고 부딪힌
상처의 책임 소재 따지느라
길 찾을 엄두도 못 내고

본향에 가겠다는 의지는
턱에 걸려 꺾이고야 말았다

거친 시멘트 바닥 위에서
오도 가도 못하고
끙끙 앓고 있는

저 말라가는 빗물들
눈에 익은 모습들

겨울 방울토마토

이파리를 손으로 툭
점막을 스치는 풋내

흔들어야
열매를 맺는다는 말

노란 별꽃 몇 차례 툭툭
두어 개 작은 열매가 열렸다

지척에 두고도 만나지 못하는 사람들
얼마나 흔들려야 만나게 될까

구부러진 것들

곧게 벋지 않은 것들이
등에 난 상처와 질곡을 본다

때아닌 바람에 골이 깊게 파인
어둠에서 헤매다 찍힌
곧게 벋으려고 안간힘쓰다 구부러진

물처럼 막힘없이 흘러간 것들은
볼 수 없는

마디마디 새겨진 곡절로
귀한 꽃이 피고 없던 길이 난다

굽고 비틀어진 것들이
몇 날 며칠 밤새워 생긴 두턱

그냥 볼 수 없는 걸작이다

찔레꽃

꽃은 덤불 속에서도 길을 낸다

조가비같은
무명천이 햇살에 어른거린다

너를 만난 곳은
산기슭이나 개울가

피다 지다
외로워 산에 오르는 사람
기다리는 너는
하늘로 오르는 붉은 장미는 아니어도
바람결에 향기로 길을 내고
가시로 울타리를 만드는
너는,

물레 돌리는 소리
추억을 깁는 직녀의 후예

꿈꾸는 학교

낯선 땅에서 네가 들려준 이야기는
꽃이 되었다가 눈물이 되었다가 적막이 되기도 했다

눈부신 가을 햇살 아래 낙엽이 춤추며 축제를 벌인다
아름다웠던 순간을 새기고 싶은 것이다

까치가 은행나무에 둥지를 틀고
새끼들에게 먹이를 주려고 쉼 없이 들고 나는 동안

선생님들은 아이들에게 꿈과 사랑의 물을 주었다
아이들은 하늘을 우러르며 자라나는 한 그루 나무였다

찬 바람이 부는 어느 아침이었을 것이다

어린 것들이 산 너머로 날아가고
어미의 울음이 은행잎을 흔들어대자 노란 잎이 우수수 쏟아
져 내렸다

해마다 아이들도 어린 까치처럼 더 넓은 세상으로 날아가고
교정에서 봄을 기다리는 옹골진 소망이 겨우내 자라나

>

다시 까치가 힘차게 날아오르고

아이들의 웃음소리가 나뭇가지에 물오른 이파리처럼 펄럭이
겠다

함께 꿈꾸며 사랑을 키우다가

이별은 반짝이는 이슬이 되고 적막은 새로운 길을 낸다

수박

엄마 순 잘라내야
큰 열매 열린다고

홀로 벋어나간 자녀 순
뙤약볕에 소나기에
초록이 단단해졌다

보이지 않는다고
섣불리 다그치지 마라

붉은 꿈 키우느라
흘린 땀이 온몸에 가득하다

세상에 보란 듯 나오는 날
홀로 견딘 시간만큼

영근 소리 들리겠다
달고 시원한 맛
무더위쯤 한 방에 날리겠다

너와 나 사이

좁쌀은 좁쌀끼리
콩은 콩끼리
틈만 나면 쪼르르 달려가
시린 어깨 감싸주고
하나가 기울면 함께 기울어
등으로 받쳐준다
틈만 나면 부르지 않아도
바람막이 된다

사과는 사과끼리
배는 배끼리
틈만 나면 지척으로 다가가
붙어 있고 싶은 마음
고운 결 다칠까
둥근 받침 머물다
틈이 있어도 조르지 않고
바람길 만든다

너와 나 사이
좁쌀처럼 콩처럼
사과처럼 배처럼

마로니에 꽃탑

꽃이 탑을 쌓는다
소망을 층층이 쌓아 올린 꽃탑이다

소망이 꽃차례로 쌓여 가는 동안 봄 추위가 다녀가고
우윳빛 살결에 붉고 노란 무늬가 생겼다

언젠가 꽃탑이 무너지고 밤을 닮은 열매가 땅에 구르고
겨우내 비워내느라 초췌해질 것이다

나는 쌓으라는 말보다 비우라는 말을 먼저 배웠다
사는 동안 쌓아 보지도 않고 비워내려는 궁리가 많았다

마로니에가 꽃탑을 짓고 허물고
다시 꽃탑을 올리듯

오월 한낮,
허물어질 땐 지더라도 아름다운 꽃탑을 쌓으라고
칠엽 위 수많은 꽃차례가 돌탑으로 일어서고 있다

예당호 출렁다리에서

고요함도 지치면 적막이 된다

저녁 해가 출렁이지 못하는
사람보다 먼저 달려와서 달처럼 떠 있다

굵은 쇠줄로 잡아매
꿈쩍 않을 것 같은 다리 위
섬세한 근육을 뽐내는 나무 몇
물안개로 몸을 가린 산자락 몇
감홍빛 해까지 모셔다 놓으니

호숫가에 쌍으로 앉아 있는
해를 닮은 사과 속
여인의 눈썹이 시소를 탄다

삭아서 아름다운

머리에 흰 눈이 내린 촌부가
흑갈색 쇳물이
덕지덕지 배어난 함석 문을
고운 듯 어루만지며
삭아서 아름답구나
겨울 햇살이
촌부의 늙은 손을 따라간다
처음 왔을 때의 설렘
오랜 세월 상처로 얼룩져 아파했을
낡은 것들의 가슴을 안아주는
촌부의 마음을
흰 부추꽃 같은 겨울 햇살이
조근조근 어루만지고 있다
결국 갈 때는 모두
삭아지는 것을
삭아 없어지는 것들이
아름다운 이름을 얻는 겨울날

목련

천상에서 겨우내 가져온
눈 구름꽃

금방이라도 쏟아져 내릴 듯
멈춰 서 있다

지상을 지나는 사람들
가슴에 넣어둔 꽃 꺼내 들고

마른 꽃잎도
맑은 눈에 닿으면
젖어 들어
순백의 폭죽이 된다

순간으로 영원을 살 듯

인고로 길어 올린 황홀
가슴이 멎는다

바이러스 유감

안부를 묻는 전화에 바이러스가 따라붙었다

겨우내 기다리던 눈은 예까지 오지 않고
코로나가 멀지 않은 도시에 배달되었다

이웃 나라 도시의 사람들은 간수 없는 감옥에 갇히고

혹시나 모를 반갑지 않은 배달을 걱정하는 사람들은
문을 닫고 홀로 밥을 먹고 TV를 켠다

바이러스의 꼬리를 잡기 위해 만든 가두리양식장
칸을 넘나들지 못하도록 감시가 철저하다

자유로운 삶에 제동을 거는,

우리도 모르는 사이
삶의 곳곳에 깊숙이 서식하고 있는 것들

숨어들수록 끈질기게 찾아가 소독을 한다

돋아나다

가지 뚫고 고개 내민
땅을 밀고 힘차게 올라온
너처럼

온 힘으로 힘겨운 시간 밀어 올린 날엔
돋아난 날개 접고
하얀 뭉게구름 곁에 누워 버렸다

금방 끊어져 버릴 것 같은
팽팽한 시간을 건넌 후

고요가 제집인 듯 찾아오고

새로 돋아나는 일
살을 깎는 일이어도 마다하지 않는 나무처럼

오늘 또 연둣빛 세상을 그린다

유월의 산딸나무

그냥 지나칠까 봐

노란 손수건을 나무에 매달아 놓듯
꽃 아닌 꽃 층층이 매달아 놓았다

소망이 간절하면
잎도 꽃으로 피어나는 법

태극기가
하얗게 산딸나무꽃으로 피어나고 있다

유월 육 일
잊고 지내던 것들
잊으면 안 된다는 듯

산딸나무
온몸에 하얀 나비 리본을 달고 있다

아이처럼

말이 비가 되어 내렸다
검은 구름이 무거워져 쏟아져 내린 것이다

두꺼운 커튼이 걷히자
눈부신 햇살이 쏟아져 들어왔다

물고기와 수초의 숨바꼭질
너와 나의 말은 시냇물이 되었다

단풍이 피아노 건반에 내려앉자
시냇물이 허밍을 시작했다

웃음이 하얀 뭉게구름으로 피어나고
유년의 말이 헤엄치며 반짝거렸다

비움의 시간 마주하기

바람은 텅 빈 들판
한 바퀴 돌다 서성이고

새는 은행나무 가지에 앉아
비우는 것들의 마음을 더듬는다

코끝이 아려와도
한 차례 놓아야 해
비우지 않으면
꿈꿀 수가 없어

상처로 얼룩져
쇠심줄 같은
짙은 갈색 골진 사이로

겨울 햇살 투명한 꽃이 되어
한 해 중 가장 가벼이
동맥이 지나는 길 지켜보고 있다.

제주 상공에서

눈 덮인 한라산 아래 별들이 모여 산다

외로워 길을 낸 사람들이
함께 저녁을 먹기 위해 불을 밝히고
주전자에 찻물을 올린다

그때마다 지상에는 아름다운 별이 뜬다

까마득한 발 아래
무수한 별이 들고 나는 별천지에
조금 있으면 당도한다는 소리

사람들은 지체없이 달려가
노모의 야윈 손을 잡고
겨우내 그리던 한라산의 눈꽃을 만나고
은비늘 쏟아지는 바다에 안기는 꿈을 꾼다

지상의 별도 외로워 서로 기대어 산다

2부

붉은병꽃나무

병을 닮은 병꽃나무

봄 향기 담아오느라
더딘 걸음이다

늦었다고 나무랄 일 아니다

깔때기로 피어
허리가 휘도록
고려청자 이조백자 담아오고

빛이 바래도록
오월의 초록 담아내느라
불그데데해진 얼굴로

염소 한 마리 서성이는,
외딴 시골길
진액 쟁여놓고 기다리고 있다

수선화

눈꽃 휘날리는 길 돌아
한 모퉁이

외로운 꽃대 위에
밤새 그린 노란 화심

여섯 날개 팔랑개비
은은한 향기

황홀하게 써 내려간 봄의 연서
흉내 내지 마라

화심에서 보내는 고결한 울림
봄비에 젖듯

외로운 사람들, 네게로 와서
작은 종 하나씩 품고 간다

돈다발 한 줌

옆구리를 훅 치고 들어오는 매서운 바람에
숙자네는 똥이라도 밟은 듯
채 가시지 않은 어둠 속에서 허우적거렸다

임대료 치르고 남는 건 껍데기뿐인 장사
내리막 있으면 오르막 있겠지
그 곱다는 가을 단풍 구경 한번 못 가고
일터로 가는 골목의 가로등이
뿌옇게 흔들리는 새벽

전셋값 올려달라는 주인의 성화가
매섭게 따귀를 때려
저체중을 깡다구로 버터던 몸이 휘청하던
그 밤의 악몽이
찬바람처럼 끈덕지게 따라붙었다

텅 빈 몸으로 돌아오는 길
은행나무 가지에 달린 다발들 툭 끊어져
노란 지폐 함박눈처럼 날린다
황금으로 빛나는 궁전

삶을 얽매는 것과의 이별 잔치

귀빈으로 초대받은 숙자네
하나님도 어쩌지 못한 그 무겁던 근심을
오늘 밤은 내려놓고 잘 수 있겠다.

풍경소리

선생님!

사는 동안 가장 많이 들은 말

네가 부르는 소리에
팔랑거리는 어린 이파리가 되는
아픔에 젖은 그림자가 되기도 하는 말

등을 곧게 세우고 환한 얼굴로 미소 짓는
접시꽃이 되고 싶은 말

긴 터널 속에서도
어둠을 밝히는 풍경소리

네가 오는 길목에서

늦은 등교 개학으로
목이 한 뼘쯤 길어졌다

아이들보다 한발 먼저 현수막이 왔다
"네가 오니 비로소 봄!"

네가 오는 길목으로 오월 하순의 신록이 달려 나가고
나도 너에게로 간다

반 뼘쯤 자란 네가 와서
이제야 봄인데
더위가 먼저 달려 나올 준비를 마쳤다

그냥 건널 수 없다
삶의 징검다리는 스스로 놓아야 하는 것

배움도 때가 있어 건너뛸 수 없다고
힘들어도 징검다리 실하게 놓으며 건너가야 한다고

마중 나온 신록이 들려주었다.

눈 편지

솜틀집에 겨우내 모아둔 목화솜
강변의 창가에 나뭇가지에 풀숲에
온통 하얀 그리움으로 날다

사뿐히 내려앉아
기다림에 목메던 겨울 덮어주려고
이불이 되었다

잠 못 드는 밤에 보라고
그 위에 사랑한다고 썼다

명자꽃

갈래 잎 사이로 수수한 꽃잎
나를 붙잡는다

선생님, 힘들었어요
웃고 있었지만요

학교 가는 길은 멀고
좁은 방은 벽이 기울고 컴컴해서
글자가 잘 안 보였어요

엄마는 허리 휘게 온갖 잡일 하러 다녀도
불평 한마디 없으셨지요

그러니 낮엔 방직공장에서 일하고
밤에 야간학교에서 공부해야 하냐고
투덜거리면 안 되는 거죠

어려운 살림살이 부끄러워하지 않는
꾸미지 않아도 어여쁜

공장의 열기로 얼굴이 붉게 달아올라도
삶의 터전으로 여긴

한 시대를 짊어진
어린 소녀는 명자꽃이었다

선물

햇살이 창문 두드리는 소리에 일어나
시집을 읽었습니다

학교에 가는데
입안에 "사랑한다"가 굴러다닙니다

너도밤나무를 끼고 돌아
후문으로 향했습니다

아이들이 하나둘 들어오는데
입꼬리가 절로 올라갑니다

복도에서 여학생을 만났습니다
안녕! 참 예쁘구나.
오늘따라 결이 고운 여학생이 배시시 웃습니다

사랑한다는 말이
사랑이라는 선물을 안겨 주었습니다

꽃무릇

한 줄기 꽃대
초승달 날마다 내려와
붉은 등 밝히고
눈 감는 사이
스치고 지나갈까
수십 개의 안테나
촉수를 세우고
길목을 지키고 있다

천년지기 은행나무*

깁고 꿰맨 자리
웅웅 신음소리가 난다
잘리고 꺾인 팔이 서럽다

비바람 몰아쳐도 씻기지 않을
업보처럼 쌓이고 쌓인 각질

천 년 세월
산 것이 아니라 버틴 것이다

그래도 한 차례씩 꽃 피웠겠지
그마저 없었다면
나고 죽는 세월 어찌 건넜을까

쌓이고 쌓인 인연
같이 갈 수 없어 내려놓고 가는
은행나무

천 년의 역사
놓고 가지 못하네

* 당진 면천에 있는 은행나무로 천연기념물 제551호.

겨울 동백

하고픈 말이 쌓여
두툼해진 이파리
설원같이 반짝이고

꽃들이 건너지 못하는
하강하며 침잠하는 시간
한 점 불꽃처럼
뜨겁게 그려놓은 설화

겹겹이 신고 온
사랑의 밀어

두 손 모아 경배한다

두고 온 것들

시골 중학교 교장
면천에서 열리는
학생독립만세 재현 행사로
마을의 낯이 조금 익었다

이 주째 접어든 이튿날
해나루 찹쌀에 뽀얀 떡고물이
달팽이 같은 대추꽃이
다글다글 검정콩이 진득하게 묻어 있다

떡과 함께 온
두고 온 것들이
숭숭 뚫린 구멍을 메워
온기가 더해가는 관사의 밤

자줏빛 목련 벙그러질 봄 마당
사비, 그리로 간다.

개나리 꽃길

별들이 구름 타고
지상으로 내려와

자유로운 구름의 언어로
속살거리다

앳된 아이처럼 명랑한 얼굴로
손을 맞잡고

아롱진 깃털처럼 부르는
환희의 노래

삶의 무게 덜어내려
홀로 나선 길에

무리 지어
고운 꿈길 열고 있네

머문다는 것

작고 아담한 마을, 당진 면천에서의 하룻밤이 저물고 있다

세종 때 축조했다는 면천 읍성과 박지원이 시와 풍류를 즐겼다는 꽃눈 덮인 골정지를 뒤로 하고 동네를 걸으며 만나게 되는 쓰레기와 보도블록 사이에 비죽이 고개 내민 잡초들, 좁다란 골목길 기울어가는 담장과 허름한 집 사이에 구부정한 몸으로 풀을 뽑고 있는 노인

머문다는 것은
눈길 잡아끄는 옷의 터진 솔기까지 마주하는 것이다

얼굴에 생긴 고랑, 마을에 생긴 때마저 낯익어지는 것이고
정겨워 반달눈으로 들여다보는 것이고
가슴에 옹달샘 하나 갖는 일이다

새해 아침

지난해의 웃음을 김칫독에 차곡차곡 담아놓았다가
꺼내 놓으면
흐릿하게 내려앉은 날들쯤 거뜬히 건너가겠다

고마움은 태양의 품에 살뜰히 옮겨 놓았다가
석양에 펼쳐 보면
흔들리는 나뭇잎 사이로 고운 빛 넘쳐나겠다

봄이 오면 마른 나뭇가지에 꼭꼭 숨어 있다가
기다린 듯 용쓰며 솟아오르는 생명력
기다리지 않아도 절로 찾아와 미소 짓겠다

서로 안아주는 아름다운 세상
경자년이 둥근 해에 꼭꼭 새겨 놓은 말

조팝나무의 사랑법

화사한 꽃들이 봄 길 밝히는데
만날 수 없어 길어진 꽃대
밥이나 한 번 하자하고
밥이 쌓이고 쌓여
가는 줄기에 하얀 밥꽃 행렬

만나지 못해 휘어진 약속
길가에 꽃등이 다독이네

3부

빛의 벙커*에서

고요한 초록에 붉은 빛이 하나둘 모여들더니
빨간 꽃이 가득 핀 정원이 된다

빛이었구나, 꽃은

그대라는 빛이 모여들자
정원의 나무들이 쑥쑥 자라나고
꽃이 소리 없이 피어나고
꽁지가 긴 새들이 푸른 길을 열고 있다

빛으로 와서 빛으로 가는 것들
모든 것은 흐르고 있는데

사람만이 벙커에 앉아
과거와 현재와 미래의 빛에 대해 생각한다

* 빛의 벙커 : 프랑스 몰입형 미디어아트로 관람객에게 독특한 예술적 경험을 선사하
  는 전시.

웃음의 두레박

언니는 별것 아닌 걸 갖고 잘 웃어

이불 밖으로 나온 발

고무줄에 걸린 다리

금을 벗어난 공

음계를 이탈한 소리들이

웃음의 문고리를 확 잡아 재껴

굳은 하루를 열어주고

메마른 가슴에 비를 내려주고

너에게 이르는 길을 내줘

붉은 장미

너의 화두는
그리움 담아내는 것

그리움이 담긴
달콤한 향이 허공을 흔든다

가시에 찔려 피가 나도
향기를 흡입한 죄로
너의 붉은 심장에 가슴을 묻는다

네가 보고픈 것들을 경계하여
쌓인 그리움이 향수가 되고

사람들은 계절이 바뀌어도
너를 머리맡에 두고

찬 바람 부는 날이면
너의 향기로 하루를 건넌다.

도돌이표

은행잎 아직도 노랗게 반짝이는데
첫눈이 햇살 받아 반짝이며
서둘러 찾아온 건

낮은 음으로 흐르는 늦가을
외로운 사람들 많아
벽장에 넣어둔
첫마음 꺼내 덮고
시린 밤 따뜻하게 자라는 것이다

앞머리에 살짝 내려앉아 그리는
첫눈의 도돌이표
아름다운 것들은 첫마음에서 온다고

은행나무 꼭대기에 사뿐히 내려앉은
참새 한 마리
쫑긋하며 듣고 있다

영동 포도

만사는 마음에서 온다는 부처님 말씀
듣는 척 아는 척 육십 년을 살았다

마음은 어디에 있는지 생각하다가
마음을 볼 줄 모르는 마음으로 육십이 되었다

소중한 것은 눈에 담지 못한다는 것을
육십이 되어서야 깨닫는다

영동 포도가 유난히 맛있는 것은
네 마음이 주렁주렁 담긴 까닭이다

옥잠화

빈 곳으로 길을 내어
다툼 없는 줄무늬 잎

바라보는 방향이 달라도
아름다운 동행이다

긴 꽃대 올리고
새벽부터 그리움 말아 올린 느낌표들

다하지 못한 언어
몸을 숨긴 말이 부풀어 올라
나발이 된다

밤을 지새운 언어들이
만들어 낸 꽃

긴 기다림으로
고개를 떨구고 있다

지금도

붉은 동백, 아직인데

뜨거운 가슴 안고

고운 얼굴로 떨어집니다

떨어져 있어도 뛰는 심장

영원한 절정입니다

국립현충원 단풍나무

고와서 다가갔지
오직 붉게 타올랐을
그대가 거기 있었어
피울음도 말려버린 결의가
파란 하늘에 빛나고 있었지
편히 먹고 자는 내가 미안해서
그대 곁 거니는 동안
가슴이 먹먹해져서
고맙다는 말을 삼켜버렸어
잠마저 저당잡히고
이 땅을 지키는 이들에게
고맙다는 인사를 하려고 해
그대에게 전하지 못한
그 말,
고마워.

중독

밥이 없으면 식사를 거른 느낌이 들어
매일 가던 장소로 가지 않으면
자동차가 알아서 가
매일 오던 문자나 전화가 오지 않으면
자꾸 핸드폰에 눈이 가
매일 옆에 있던 사람이 없으면
적응할 수가 없어
너에게 간 길은 지울 수 없어

겨울 바다

눈을 기다리다 바다에 갔다

햇살이 순백으로 쏟아져 내렸다

연인들의 실루엣이
하얗게 빛나는 모래 캔버스에 어른거리고
웃음이 폭죽처럼 퍼져 나갔다

파도가 예까지 따라온 근심을 쓸어가고
갈매기는 날갯짓으로 파란 하늘을 끌고 왔다

그림자마저 그늘을 벗어놓고
눈처럼 빛나는 세상의 품에 안겨 있었다

매운 닭발

찬 바람이 낙엽을 쓸고
가슴을 쓴다

눈부시게 빛나던 순간도
막을 내리려는지
앙상한 가지에 이파리 몇
외로이 떨고 있다

빈 가지 위로 날고 있던
참새 한 마리
가는 가을 잡고 싶어
단풍나무 아래 서성이다

풀밭에 줄줄이 떨어진
단풍잎 보며

매운 닭발이야

입안이 얼얼해지고
한 잔 할 생각이 나서

찬 바람 든 자리를
얼른 내놓았다.

영평사

굽은 소나무 아래
자두만한 눈이 뽀얗게 내렸다

너를 보러 갔다가
소식을 전한다는
작고 노란 벨이 눈 속에 총총히
박혀 있는 것을 보았다

산등성이로 어둠이 내려
벨의 지문 보이지 않아도

소망이 다녀간 자리마다
진동하는 구절초 향기

아름다운 통증

있던 것이 잘려 나간 아픔은
덧나기 마련이다

나은 것 같지만
불쑥 다시 찾아오는

따뜻한 아랫목이던
그 흔적 그대로 남아

찬 발을 묻고
미소 지으며

그렁거리는 봄비가 된다.

국화 축제

손끝이 닳도록 준비했어
네가 근심 같은 건 아예 잊어버리고
꽃길을 걷는 걸 보고 싶었어
국화가 하늘길에 올라 하트를 그리고
닭이 고운 옷 입고 맞이하는 꽃길 말야
기차 안에서 네가 시집을 읽는 꿈을 꿔
기찻길 옆에는 국화꽃이 만발했지
사는 게 꽃 같네
너는 나에게 꽃이다
너에게 꼭 하고 싶은 말을 걸어두었어
동심으로 돌아가 환하게 웃고 있구나
발끝이 닳도록 준비하길 잘했어

붉은 눈

기다림은 소망 하나 걸어두는 일
제주에 눈꽃을 걸어두고 싶었다

천제연 폭포 지나
선녀다리 건너는 동안
눈의 그림자도 만나지 못하고

나뭇가지 위에 먼나무 열매
파란 하늘 아래 붉다

어두운 뒷골목
홀로 뒤척이는 사람들
새날이 밝았어도
새날이 오지 않는 사람들

눈 덮여 잊힐까
우리가 가야 할 길 멀고도 멀어

먼나무 가지 위에
붉은 눈만 소복이 내려앉았다

배롱나무 물들다

오랜 기다림으로 꽃분홍물 들었다

잘라내도 눈매 고운
손톱의 봉숭아물 닮은 그녀

손사래 치다가
스란치마 입고 폭염을 건너와서
허공에 그리움 접어놓았다

갈 길 재촉하는 서늘한 바람에
꽃분홍 말 툭!
봉숭아꽃씨처럼 터져 나와

허공에 머물다
텅 빈 겨울,
눈꽃처럼 슬몃 문 열고 들어올지도 몰라

사람꽃

코로나19로 마스크에 거리두기
안면도 튤립 축제장

꽃잎이 허공을 둘러
색색의 아름다운 종으로 피어나고 있다

의사와 간호사가 목숨 걸고
사람 지켰다는 이야기

아픈 사람 위해 종이 되는 사람
꽃 중에 가장 아름다운 꽃이라고

곱고 청아한 울림
천상을 거니는 듯 황홀하다

메타세쿼이아

손질하지 않은 수염같이 하늘에 박혀
나뭇가지들 가벼이 구부러진다

가벼울수록 멀리 나는 비행
오므릴수록 멀리 가는 도움닫기

무거운 짐 뿌리에 옮겨 놓고
한껏 가뿐한 몸으로
힘껏 오므리고 영하의 추위를 건너는데

응축된 힘으로 솟아오르려는 간절한 소망
시리도록 파란 하늘에 층층이 갈색꽃이다

4부

붓꽃

혀가 하지로 가는 해처럼 길어졌다

하고 싶은 말이
혀끝으로 모여 들었다

말이 줄줄이
꽃으로 피어나는 저녁이었지

기쁜 소식을 전하는 혀꽃이었나요

아픔조차 영광으로 만들어버리는
너는 푸른 전령

빗속에서도 빛으로 다가와
붓을 들게 하는

벚꽃 받다

단단한 가지에
둥근 날개 달린 연어알 떼

연분홍 꿈 우르르 몰고 와서

봄이 와도 봄이 아니라고
고개 숙인 사람들

먼 발치에서 자꾸 가슴이 타서
사다리 타고

움츠러든 가슴
굳어버린 신발 위에

온몸으로 토해내는 사월의 축복
환한 꿈송이

그저 받으시라 한다.

아미미술관에서

폐교된 교실 벽 기어오르는 담쟁이
꽃분홍 솜털 쏟아내는 황홀한 겹벚꽃에
구겨진 삶 밖에 두고 포즈를 취하는 사람들

전시장 안에
공중에 박힌 낡은 의자
떠다니는 옷
생전에 함께 했던 사물들이
폐허가 된 공간에서
과거의 기억을 물고 거꾸로 서 있다

녹슨 열쇠로 따고 들어가
누추한 것마저
아궁이에 타다 남은 불씨처럼 되살려
유영하게 놓아둔 작품들

시간 속에 묻혀버린 삶의 흔적
채굴하는 공간으로
잊은 듯 지냈던 사람들이
여러 겹의 옷을 걸치고 살아서 돌아오고 있다

늦가을

울음주머니 차고 다닌다

핏빛으로 멍울진
가쁜 사랑의 노래

날아봐야지
마지막 날갯짓

처연히 바람에 뒹구는 낙엽
바스락바스락

울음주머니의 꼭지를 잠가주는
과자 바스러지는 소리
자꾸 밟고 싶은 그 소리

조팝나무의 기억

밥풀이 틈새 없이 매달려 있다

닥지닥지 붙어 있는
지나온 시간

바람이 한차례 불어오자
엉겨 붙은 밥풀에 가려진 기억들이 무릎걸음으로 기어 나온다

오랜 친구였던 그대가
차창 밖에서 연두옷을 입고 환하게 웃고 있던 날은 몇 월이었을까

순백의 사월의 여인이
제주 바닷가를 거닐고 있다

바람이 또 한차례 불어오자
웃고 있는 흰 꽃잎 아래 연둣빛 속 것

고것 참 싱그럽고 사랑스럽다는 말
길게 뻗은 밥풀때기에 금세 묻혀버린다.

섬

한 발이라도 걸쳐야
잠이 온다는
우리는
섬이 될까 봐 연신 기웃거린다

해를 보기 전 양수에 포근히 안겨 있던
우리는
날마다 해를 보며 안기는 꿈을 꾼다

섬이 될까 봐
섬에 던져질까 봐

서성이는 발치에 봄까치꽃
하늘빛 꽃동산인데

코로나19로 섬이 되어가는 우리는
사이버 세상에서 꽃을 나누며

기어이 함께 간다

촛농이 된다

타오르다
낙하하는 지점
흐르지 못해 굳어버린 것들

흘러가는 것들은 맺힘이 없는데
어쩌자고
웃고 있는 딸의 사진을 안고
저무는 해변에서
흐르지 못해 굳어가고 있는가

오늘 또
학교 앞 횡단보도에서
식어가는 아들을 끌어안고
차가운 바닥에 엎드려
굳어가는 아버지를 본다

나도 한때
당신을 잃고
따개비처럼 바위에 붙어
넋 놓고

저녁노을 바라본 적 있기에

시월의 마지막 밤
떨어지는 것들 꼬리를 물어
촛농이 된다

청벚꽃

개심사 뜰에
속살처럼 피어난

붉은 꽃보다 고운
색을 놓아버린 꽃

맑고 투명한 빛으로
얼룩을 지운다

세상에 퍼지는
연둣빛 자비

온몸이 법문이다

까치만이 아는 일

곧게 하늘로 뻗은 은행나무
하룻밤 사이
노란 융단 깔았다

밤의 살기 온몸으로 막아내고
찢어진 가지 위에 꿰맨 자국
저음의 스타카토

지난 여름
그 무섭다는 천둥과 번개 건너와
지켜낸 것들

지난 밤
탈탈 털어 준 까닭

새끼를 날려 보내고
은행나무 꼭대기
빈 둥지에서 쉰 소리로 노래하는
까지만이 아는 일

말하는 이부자리

관사에서 홀로 지내는데
느닷없이
새벽댓바람부터 이부자리가 말을 걸어온다

사위가 커서 크게 만들었다며
친정어머니가 보낸 요 위에

허물이 있거든 이 이불처럼 덮어주세요 하며
며느리가 이불과 함께 건넨 매트를 깔고

그 위에,
시어머니가 생전에 덮던 이불을 정리하고 있군요

받쳐주고 덮어주던
두 분 어머니가 지나가시는데

마음이 벅차오른 것도 잠시
눈시울이 움찔거린다

삶에 빛깔을 입혀주는 며느리처럼

따뜻하게 손이라도 자주 잡아 드릴 걸

홀로 잠드는 밤
이부자리 어루만지며 소금에 배춧잎 절 듯
가슴이 절어 몸을 뒤척이고 있다

밤벌레

장대 같은 남편도 세월을 이기지 못해
눈꺼풀이 무겁게 내려 끔뻑거리다
상안검 수술을 받은 밤
여러 날 슬피 운 사람처럼
눈가에 진물 같은 핏물이 방울진 채 앉아 있다

밤벌레가 늘어
실한 것으로 고르고 골랐다는
밤을 쪄서 껍질 벗기니
포실한 속살
벌레는 간데없고
퉁퉁 부어 시린 밤 어루만져 준다

손자가 대학교에 다니는 팔순 노인도
엄마가 없어 생긴 구멍으로
찬바람이 들락인다는데
어머니 같은 이가 다녀간 밤
어둠을 몰아내는 것은
썩을까 염려하는
어머니의 말랑거리는 속살이었다

그날 어떤 별이 쏟아졌을까

아버지가 배춧잎 속같이 웃으시며
작은 앞마당을 싸리비로 쓸고
마당가 뒷간을 양동이 물로 씻는 날에는
영락없이 손님이 왔다

아버지의 호방한 웃음소리 옆에 놓인
종합과자선물세트
어머니는 부엌에서 방으로 들락거리고
어린 계집애들 서넛 툇마루에 모여 기웃거린다

어린 것들의 눈에
콩주머니 터지듯 별사탕이 쏟아질 때
아버지의 눈에 다디단 별이 쏟아졌으려나

종갓집에 아들이 없어 어쩌나
툭 던진 손님의 말에
아버지의 눈에 우수 띤 별이 쏟아졌으려나

안개

안개가 산자락에 자욱하고 봄비가 내립니다.

환하게 보이던 것들이 자취를 감추자 아련한 그리움이 안개를 타고 내려와 추억이 굴비 엮듯 줄줄이 꼬리를 뭅니다. 그대가 있어 빛나던 순간들이 빗줄기에 실려 그네를 탑니다. 안개는 감추러 온 것이 아니라, 그동안 잊고 지내던 것들을 소환하러 온 모양입니다.

출근하는 내내 아름다운 꽃이 피어났습니다. 잠깐씩 멈추어 꽃구름과 꽃길을 걸었습니다. 안개가 감춘 것을 찾는 건 온전히 나 자신의 몫이었습니다.

동행

오월 한낮,
졸려 눈이 감기는데

어둠 속,
뒷머리가 동그란 한 남자
바로 내 앞에 앉아 있다

감긴 눈가에 미소가 번진다
미소라니
하고 생각하는데
바로 매일 집에서 보는 남자다

그 남자, 내 안에
동그랗게 들어와 앉아 있었다.

송편 빚다

달이 이울자
마음이 궤도를 이탈하기 시작했다

갈라진 마음은 소리를 잡아먹고
뱉지 못한 말들이 폐지로 쌓였다

모양과 각도에 따라 생긴 균열
뜨거운 물 부어가며
차지게 치대야 한다는 것을
파열음이란 수강료를
치르고 난 다음에야 알게 되었다

속을 비워내고
뜨거운 입김으로 일없이 치대야
익반죽한 사랑이
밑바닥으로부터 차 올라온다

겨울강

흰 널빤지처럼
납작 엎드려 있다.

그만 일어나라고
산들바람에 몸을 흔들며
산자락마저 덥석 끌어안던
너였지 않느냐고
재차 물었으나
못 들은 척 꼼짝 않는다

침묵 속에 꿈틀대는 것들
잊은 듯 묻어버리고
자꾸만 안에서 토해내는 언어들
삭인 듯 흘려보내고
색깔 없는 얼굴로
찬 들녘 바라보고 있다

무채색이 되어야 그릴 수 있지

비우고 또 비운다
지우고 또 지운다

금강의 전언

영원한 어미다

영원을 산다는 건 품을 늘리는 일이다
그래서 아침에는 돋는 해를
저녁에는 지는 해를 안아주곤 한다

나는 고집을 놓아버린 지 오래다
모래가 쌓이고 흩어지기를 반복하는 동안
그저 아름답고 슬픈 노래를 불렀다

불평은 바닥에 내려놓은 지 오래다
몸이 깎이고 상처가 나도 원망하지 않기로 했다
부둥켜안고 있어도 그냥 흘러가는 법은 없다

떠나더라도 가끔 찾아와
삶의 고달픔 털어놓고
아이처럼 환하게 웃었으면 좋겠다

품이 누추하지 않도록 꾸미는 것이
내 취미가 된 지 오래다

\>

왔다 가는 것도, 갔다 오는 것도
쉬운 일이 아니니
한 자리에서 기다리는 것이다

꿈꾸는 학교, 사랑의 선물, 우주공동체

반경환 『애지』 주간 · 철학예술가

꿈꾸는 학교, 사랑의 선물, 우주공동체

반경환 『애지』 주간 · 철학예술가

꿈꾸는 학교

이병연 시인은 충남 공주에서 태어났고, 공주사범대학 국어교육과와 공주대학교 대학원(문학석사)을 졸업했다. 2016년 계간 『시세계』로 등단했고, 2018년 첫 번째 시집인 『꽃이 보이는 날』을 출간했다. "길가에 꽃이 보이지 않는 날은/ 그대가 가까이 있어도/ 먼 산 같은 날// 길가에 꽃이 보이는 날은/ 그대가 멀리 있어도/ 내 곁에 있는 날"이라는 『꽃이 보이는 날』은 그 무엇보다도 '사랑의 시학'을 역설한 시집이라고 할 수가 있다. 미움과 분노는 모든 사람들을 떠나가게 하지만, 사랑과 친절함은 모든 사람들을 불러 들인다. 사랑은 너와 나를 '우리'로 만들고, 이 '우리'로서 하나가 되게 만든다. 만물은 하나로부터 나오고, 이 만물로부터 참다운 하나가 나온다.

이 세상의 근본물질이 원자이듯이, 이 세상의 근본정신은 사랑이라고 할 수가 있다. 태초에 사랑이 있었고, 이 사랑에 의해 만물이 탄생하게 되었다. 이 세상에서 아름다운 것은 사랑밖에는 없고, 이 사랑만이 있으면 모든 기적이 다 연출된다. 아름다움은 이상이고 환영이며, 다만 가짜에 지나지 않지만, 아름답다는 자기 확신과 신념은 이 세상의 사랑놀음의 진리가 되었던 것이다. 사랑은 아름다움의 창시자이며, 너와 나, 우리 모두가 다 함께 잘 살 수 있는 우주공동체의 창조주라고 할 수가 있다.

낯선 땅에서 네가 들려준 이야기는
꽃이 되었다가 눈물이 되었다가 적막이 되기도 했다

눈부신 가을 햇살 아래 낙엽이 춤추며 축제를 벌인다
아름다웠던 순간을 새기고 싶은 것이다

까치가 은행나무에 둥지를 틀고
새끼들에게 먹이를 주려고 쉼 없이 들고 나는 동안

선생님들은 아이들에게 꿈과 사랑의 물을 주었다
아이들은 하늘을 우러르며 자라나는 한 그루 나무였다

찬 바람이 부는 어느 아침이었을 것이다

어린 것들이 산 너머로 날아가고
어미의 울음이 은행잎을 흔들어대자 노란 잎이 우수수 쏟아져 내렸다

해마다 아이들도 어린 까치처럼 더 넓은 세상으로 날아가고
교정에서 봄을 기다리는 옹골진 소망이 겨우내 자라나

다시 까치가 힘차게 날아오르고
아이들의 웃음소리가 나뭇가지에 물오른 이파리처럼 펄럭이겠다

함께 꿈꾸며 사랑을 키우다가
이별은 반짝이는 이슬이 되고 적막은 새로운 길을 낸다
　　　—「꿈꾸는 학교」전문

　모든 시는 '사랑의 노래'이며, 우리가 그토록 오랫동안 공부를 하고, 서로가 서로를 헐뜯고 싸우며 살아가는 것은 이 사랑을 얻기 위한 과정에 지나지 않는 것인지도 모른다. '아는 것은 힘이다'라고 역설했던 프란시스 베이컨, '나는 생각한다, 고로 존재한다'라고 사유하는 인간을 역설했던 데카르트, 근대 시민정부와 사회계약론을 역설했던 존 로크와 장 자크 루소, 우리 인간들을 미성년의 상태에서 인간의 상태로 이끌어 올리며 비판철학(도덕철학)을 완성했던 임마누엘 칸트와 프리드리히 니체, '만국의 노동자여 단결하라'고 역설했던 마르크스 등의 학문에 대한 열정은 궁극적으로 우리 인간들의 이상낙원을 건설하는데 있었다고 해도 과언이 아니다. 이상낙원은 만인들이 행복한 사회이며, 만인들이 행복한 사회는 서로간의 믿음과 신뢰, 즉, 서로가 서로를 사랑하는 사회라고 할 수가 있다. 모든 앎, 모든 공부의 궁극적인 목표는 행복이며, 이 행복한 삶을 살기 위해서는 모

두가 다같이 '사랑의 노래'를 부르지 않으면 안 된다.

이병연 시인의 두 번째 시집인『적막은 새로운 길을 낸다』의 표제 시이기도 한「꿈꾸는 학교」는 선생님으로서의 사랑을 노래한 시이며, 이 사랑을 통해 어린 아이들에게 앎과 꿈의 날개를 달아주고 있는 시라고 할 수가 있다. "까치가 은행나무에 둥지를 틀고/ 새끼들에게 먹이를 주려고 쉼 없이 들고 나는 동안// 선생님들은 아이들에게 꿈과 사랑의 물을 주었다/ 아이들은 하늘을 우러르며 자라나는 한 그루 나무였다."

하지만, 그러나 찬 바람이 부는 어느 날 아침, "어린 것들이 산 너머로 날아가고", "해마다 아이들도 어린 까치처럼 더 넓은 세상으로 날아"갔다. 어미 까치의 울음이 은행나무를 흔들어대자 노란 잎이 우수수 쏟아져 내렸고, "함께 꿈꾸며 사랑을 키우다가/ 이별은 반짝이는 이슬이 되고 적막은 새로운 길을 낸다." 회자정리會者定離─. 만남 속에는 이별이 약속되어 있고, 이별 속에는 만남이 약속되어 있다. 봄이 오면 새로운 아이들이 찾아오고, 겨울이 다가오면 꿈과 사랑을 배운 아이들이 떠나간다. 이별의 아픔은 적막이 되고, 적막은 반짝이는 이슬이 되어 새로운 길을 낸다. 이병연 시인의「꿈꾸는 학교」는 앎(지식)을 통해 행복을 가르치는 학교이며, 최종적으로는 행복을 향유하기 위한 '사랑의 노래'를 가르치는 학교라고 할 수가 있다.

에리히 프롬은 사랑을 '기술'이라고 역설했지만, 나는 사랑을 기술이 아닌 '줌'이라고 생각한다. 에리히 프롬의 기술에는 어떤 것을 사고 파는 장사꾼의 냄새가 배어 있지만, 나의 '줌'은 이타적이고, 무보상적이며, 무조건적인 사랑이라고 할 수가 있다.

갈래 잎 사이로 수수한 꽃잎
나를 붙잡는다

선생님, 힘들었어요
웃고 있었지만요

학교 가는 길은 멀고
좁은 방은 벽이 기울고 컴컴해서
글자가 잘 안 보였어요

엄마는 허리 휘게 온갖 잡일 하러 다녀도
불평 한마디 없으셨지요

그러니 낮엔 방직공장에서 일하고
밤에 야간학교에서 공부해야 하냐고
투덜거리면 안 되는 거죠

어려운 살림살이 부끄러워하지 않는
꾸미지 않아도 어여쁜

공장의 열기로 얼굴이 붉게 달아올라도
삶의 터전으로 여긴

한 시대를 짊어진

어린 소녀는 명자꽃이었다

— 「명자꽃」 전문

    갈래 잎 사이로 수수한 꽃잎같은 어린 소녀, 학교 가는 길은 멀고 좁은 방은 벽이 기울고 컴컴해서 글자가 잘 안 보였다는 어린 소녀, 그토록 허리가 휘어지도록 온갖 잡일을 다 하더라도 불평한 마디 없는 엄마를 생각하면 낮엔 방직공장에서 일하고 밤엔 야간학교에서 공부를 한다고 해서 투덜거리면 안 된다는 어린 소녀, "어려운 살림살이 부끄러워하지 않는/ 꾸미지 않아도 어여쁜" 어린 소녀, "선생님, 웃고 있었지만, 너무나도 힘들었다"는 어린 소녀, 그토록 어린 나이에 그의 부모와 이 세상을 원망하기보다는 너무나도 의연하고 당당하게 "한 시대를 짊어진/ 어린 소녀"—. 이 어린 소녀는 이병연 시인이 「꿈꾸는 학교」에서 길러낸 우등생이며, 새로운 시대를 짊어지고 나갈 '사랑의 전도사'라고 할 수가 있다. 이 세상의 온갖 더럽고 추한 일을 다 하더라도 불평 한 마디 없이 모든 것을 다 베풀어주는 엄마, 그토록 어린 나이에 그의 부모와 이 세상을 원망하기보다는 너무나도 의연하고 당당하게 한 시대를 짊어진 어린 소녀, 그 어린 소녀에게 "까치가 은행나무에 둥지를 틀고 새끼들을 돌보는 것"처럼 언제, 어느 때나 꿈과 사랑의 물을 주었던 선생님, 이병연 시인의 「명자꽃」은 엄마와 어린 소녀와 선생님이 다 함께 손을 맞잡고 피워낸 사랑의 꽃이며, 무보상적인 '줌의 꽃'이라고 할 수가 있다. 사랑은 기술이 아니라 경제학의 기초를 떠난 '줌'인데, 왜냐하면 이 우주에는, 이 자연에는 본디 '네것', '내것'이라는 소유 개념이 성립될 수가 없기 때문이다. 인간의 피가 붉디 붉은 것은 철이 산소와 결합하여 산화철이 되었다는 것을 뜻하고, 닭의 조상이 공룡(익룡)이었다는 자연과학자의 말도 어느 정도 그 타당성을 띠게 된다. 만물은 생물학적으로나 화학적으로 우주공동체의 한 가족이며, 따라서 소유 개념이나 사유재산 따위는 하나의 말장난에 지나지 않는다. 천하는 내것도 아니고, 천하는 네것도 아니다. 천하는 만물의 터전이고, 천하는 만물의 터전이니까 어느 누구도 소유할 수가 없다. 우리가 사는 집, 우리가 농사를 짓고 우리가 버섯을 따고 약초를 캐는 땅, 우리가 고기를 잡는 강과 호수와 바다는 우리가 잠시 머물다 가는 곳에 지나지 않으며, 우리의 조상들이 그랬던 것처럼 모든 것을 다 놓고, 다 주고 떠나가지 않으면 안 된다. 부모님의 자식 사랑, 선생님의 제자 사랑, 자식의 부모 사랑, 제자의 선생님 사랑, 인간과 인간의 사랑은 '줌의 사랑'이며, 이 줌이 있기 때문에, 인간의 역사, 혹은 우주공동체의 역사는 발전해나가고 있는 것이다.

　모든 학교는 꿈꾸는 학교이고, 모든 선생님은 앎과 꿈의 날개를 달아주는 선생님이며, 모든 제자는 부모님과 선생님의 가르침에 따라서 '만인들의 행복'을 창출해놓고 '사랑의 노래'를 부르지 않으면 안 된다.

　　　새로 돋아나는 일
　　　살을 깎는 일이어도 마다하지 않는 나무처럼

　　　오늘 또 연둣빛 세상을 그린다

─ 「돋아나다」 부분

그냥 건널 수 없다
삶의 징검다리는 스스로 놓아야 하는 것

배움도 때가 있어 건너뛸 수 없다고
힘들어도 징검다리 실하게 놓으며 건너가야 한다고
─ 「네가 오는 길목에서」 부분

거친 시멘트 바닥 위에서
오도 가도 못하고
끙끙 앓고 있는

저 말라가는 빗물들
눈에 익은 모습들
─ 「빗방울 단상」 부분

전셋값 올려달라는 주인의 성화가
매섭게 따귀를 때려
저체중을 깡다구로 버티던 몸이 휘청하던
그 밤의 악몽이
찬바람처럼 끈덕지게 따라붙었다

텅 빈 몸으로 돌아오는 길

은행나무 가지에 달린 다발들 툭 끊어져

노란 지폐 함박눈처럼 날린다

황금으로 빛나는 궁전

삶을 얽매는 것과의 이별 잔치

귀빈으로 초대받은 숙자네

하나님도 어쩌지 못한 그 무겁던 근심을

오늘 밤은 내려놓고 잘 수 있겠다.

　　　　　　　　　　　　— 「돈다발 한 줌」 부분

　이병연 시인의 『적막은 새로운 길을 낸다』는 '사랑의 시학'의
산물이지만, 이 '사랑의 시학'을 떠받쳐 주는 것은 그 어떤 일도,
그 어떤 고난도 다 극복해낼 수 있는 역경주의가 그의 삶의 의지
로서 자리를 잡고 있는 것이다. 적막은 이별이고 아픔이지만, 그
러나 그 적막을 끌어안고 그 적막과 함께 살다보면 '명자꽃'과도
같은 삶의 기적이 일어난다. "새로 돋아나는 일/ 살을 깎는 일이
어도 마다하지 않는 나무처럼// 오늘 또 연둣빛 세상을" 그리는
기적도 일어나고, "그냥 건널 수"없는 "삶의 징검다리는 스스로
놓아야 하는" 기적 일어난다. 기적은 "거친 시멘트 바닥 위에
서/ 오도 가도 못하고/ 끙끙 앓고 있는" 「빗방울 단상」에서도 일
어나고, 기적은 전셋값도 제때에 올려주지 못하는 자영업자의
삶에서도 일어난다. 역경逆境이란 어렵고 힘든 삶이나 환경을 말
하지만, 그러나 내가 말하는 '역경주의力耕主義'는 힘력力, 밭 갈
경耕, 즉, 힘으로 그 한계를 극복해가는 백절불굴의 삶의 의지를

말한다. 뜻이 있으면 방법은 저절로 주어지고, 꿈과 희망이 있으면 어떤 인간도 좌절하지 않는다. 요정 칼립소와의 전지전능한 삶의 길을 선택하지 않고 인간의 삶을 선택했던 오딧세우스는 무엇을 의미하고, 너무나도 쉽고 편안한 길을 거절하고 고통에 고통을 가중시켰던 삶을 선택했던 오딧세우스의 행동은 무엇을 뜻하는가? 석가족의 왕위를 거절하고 입산속리를 선택했던 부처의 삶은 무엇을 뜻하며, 옴팔레 여왕의 열두 노역을 마다하지 않았던 헤라클레스의 삶은 무엇을 뜻하는가? 이병연 시인의 삶의 의지, 즉, 고난극복의 역경주의는 그의 세계관이 되고, "지난 여름/ 그 무섭다는 천둥과 번개 건너와/ 지켜낸 것들// 지난밤/ 탈탈 털어 준" 까치는 그의 인생관이 된다. 그는 그의 인생관에 비추어 전지전능한 삶을 꿈꾸거나 이 세상의 삶이 아닌 환상을 꿈꾸는 것을 제외하고, 미리부터 염세주의자들처럼 자포자기하거나 약삭 빠른 이기주의자와 기회주의자의 삶을 그는 또한, 그의 세계관에 비추어 거절한다. 그는 언제, 어느 때나 정직하고 진실한 것을 옹호하는 도덕주의자이며, 그는 또한, 언제, 어느 때나 근면 성실함을 옹호하는 현실주의자이다. 그는 모든 것을 남의 탓이 아닌 내탓이라는 강한 책임의식과 자부심을 지녔으며, 매우 어리석고 미성숙하며 뜬구름 잡는 식의 신앙에 의지하기 보다는 그 모든 색을 다 놓아버린 「청벗꽃」처럼 너무나도 인간적이며 유한한 삶을 옹호한다.

　　지난 여름
　　그 무섭다는 천둥과 번개 건너와

지켜낸 것들

지난 밤
탈탈 털어 준 까닭

새끼를 날려 보내고
은행나무 꼭대기
빈 둥지에서 쉰 소리로 노래하는
까지만이 아는 일
— 「까치만이 아는 일」 부분

개심사 뜰에
속살처럼 피어난

붉은 꽃보다 고운
색을 놓아버린 꽃

맑고 투명한 빛으로
얼룩을 지운다

세상에 퍼지는
연둣빛 자비

온몸이 법문이다

사랑은 꿈이고, 비움이며, 이 '비움의 미학'을 통해 '사랑의 선물', 즉, 모든 것을 약속하고 모든 것을 신뢰하고, 모든 것이 가능한 행복을 선물해준다. 꿈꾸는 학교의 선생님, 적막은 새로운 길을 낸다는 선생님, 온몸이 법문인 선생님은 우리 한국인들이 가장 존경하는 최후의 선생님이었으면 좋겠다. 이 선생님의 앎과 지혜가 우리 어린 학생들의 꿈의 날개가 되어주고, 한 시대를 짊어진 명자꽃으로 더욱더 아름답고 붉게 피어났으면 좋겠다. 이병연 시인의 『적막은 새로운 길을 낸다』는 이상낙원의 안내서이며, 사랑의 선물이고, 행복에의 약속이며, 행복에의 약속으로서 행복을 향유할 수 있는 이 세상의 삶의 찬가라고 할 수가 있다.

온 "세상에 퍼지는/ 연둣빛 자비," 시인의 "온몸이 법문이다."

사랑의 선물

햇살이 창문 두드리는 소리에 일어나
시집을 읽었습니다

학교에 가는데
입안에 "사랑한다"가 굴러다닙니다

너도밤나무를 끼고 돌아

후문으로 향했습니다

아이들이 하나둘 들어오는데
입꼬리가 절로 올라갑니다

복도에서 여학생을 만났습니다
안녕! 참 예쁘구나.
오늘따라 결이 고운 여학생이 배시시 웃습니다

사랑한다는 말이
사랑이라는 선물을 안겨 주었습니다
— 「선물」 전문

이 세상에서 가장 아름다운 유럽의 마을들은 창문, 창틀, 유리, 대문, 지붕, 벽돌 등, 어느 것 하나 마음대로 색칠을 하거나 바꾸지도 못한다. 이 규율과 통제는 상호간의 신뢰와 약속의 표지이며, 서로가 서로를 사랑하지 않고는 꿈꿀 수조차도 없다.

어떻게 가장 아름답고 행복한 마을을 만들 수 있을까? 어떻게 모든 인간들로부터 존경과 찬양을 받으며 이상적인 시민의 모범이 될 수 있을까? 이러한 구상과 질문들은 전인류의 스승들의 책을 읽고 깊이 있게 사유했을 것이며, 끊임없이 상호토론과 비판을 하되, 일단 합의를 보았으면 어느 누구도 이 합의를 깨지 않겠다고 약속을 하게 만들었을 것이다. 쓰레기 하나 함부로 안 버리고 음주운전 안 하는 것, 기초생활질서를 잘 지키고 남을 헐

뜯거나 배신하지 않는 것, 남의 글을 베끼거나 뇌물을 주고 받지 않는 것, 가능하면 좀 더 참고 이해하며 고소 고발을 하지 않는 것 등의 아름답고 행복한 사회는 저절로, 공짜로 이루어지지 않는 것이다.

아름다움은 '질서 중의 질서' 위에 기초해 있고, 질서는 윤리학의 근본토대가 된다. 사랑이 없으면 아름다움이 탄생하지 않고, 아름다움이 없으면 사랑은 그 형체가 없게 된다. "햇살이 창문 두드리는 소리에 일어나/ 시집을" 읽으며 사랑을 노래하고, 밥을 먹고 학교에 가면서도 사랑을 노래한다. "너도밤나무를 끼고 돌아/ 후문으로 향"하면서도 사랑을 노래하고, "아이들이 하나 둘 들어오는데/ 입꼬리가 절로 올라"가도록 사랑을 노래한다. 교장 선생님이 먼저 여학생들에게 "안녕! 참 예쁘구나"라고 말하면 "오늘따라 결이 고운 여학생이 배시시" 웃는다. 이병연 시인의 「선물」은 '사랑의 선물'이 되고, '사랑의 선물'은 '행복의 선물'이 된다.

사랑은 이 세상에서 가장 무거운 짐이며, 스스로, 자발적으로, 자기 자신과 이웃들과 그가 속한 사회를 위하여 윤리학의 짐꾼이 되었다는 것을 뜻한다. 사랑은 이 세상의 삶이 아름답고 행복하리라는 분명한 목표와 믿음이 없으면 더 이상 가능하지 않은 희생정신이고, 따라서 그는 무엇보다도 그의 이웃들과 그가 살고 있는 사회를 내몸처럼 사랑하게 된다. 이 세상에서 가장 고귀하고 위대한 사람은 '사랑의 전도사들'이며, 이 '사랑의 전도사들'은 자기 자신의 단 하나뿐인 목숨을 바쳐 '사랑의 선물'을 안겨주고 떠나갔던 것이다. 아름다움도 사랑의 선물이고, 행복도 사랑의 선물이다. 놀이문화도 사랑의 선물이고, 이타적인 자기 희생도 사랑의 선물이다.

우리가 살고 있는 곳은 약속의 땅이 되고, 태양은 믿음과 희망으로 떠오른다. 새들도 사랑으로 노래하고, 모든 동식물들도 사랑으로 보금자리를 꾸민다. 밤 하늘의 별들도 사랑으로 빛나고, 모든 선남선녀들은 사랑으로 가장 아름답고 행복한 마을을 가꾼다.

이병연 시인의 말대로, "사랑한다는 말이/ 사랑이라는 선물을 안겨"주고, 이 세상에서 가장 아름답고 행복한 마을을 연출해낸다.

우주공동체

좁쌀은 좁쌀끼리
콩은 콩끼리
틈만 나면 쪼르르 달려가
시린 어깨 감싸주고
하나가 기울면 함께 기울어
등으로 받쳐준다
틈만 나면 부르지 않아도
바람막이가 된다.

사과는 사과끼리
배는 배끼리

틈만 나면 지척으로 다가가
붙어 있고 싶은 마음
고운 결 다칠까
둥근 받침 머물다
틈이 있어도 조르지 않고
바람길 만든다.

너와 나 사이
좁쌀처럼 콩처럼
사과처럼 배처럼
— 「너와 나 사이」 전문

　우리는 그 사람의 출신성분과 취향과 성격, 그리고 그 사람의
업적과 경력을 전혀 알지 못하지만, 그러나 그가 지니고 있는 사
회적 지위에 따라서 존경과 경의를 표한다. 대통령과 장관, 검사
와 판사, 국회의원과 대학교수에 대한 존경과 경의는 한국 사회
가 그들에게 부여한 지위에 따른 것이고, 따라서 인간과 인간의
관계는 사회적 관계일 수밖에 없는 것이다. 대통령과 장관과 검
사도 사회적 인물이지 사적인 개인이 아니다. 또한, 판사와 국회
의원과 대학교수도 사회적 인물이지 사적인 개인이 아니다. 돈
과 명예와 권력은 인간과 인간의 관계의 산물이며, 그들의 사회
적 지위에 따른 존경과 경의는 그가 소속된 사회에 대한 존경과
경의에 지나지 않는다.
　좁쌀은 좁쌀끼리, 콩은 콩끼리, "틈만 나면 쪼르르 달려가/ 시

린 어깨 감싸"주어야 하고, "사과는 사과끼리/ 배는 배끼리/ 틈만 나면 지척으로 다가가" 붙어 있지 않으면 안 된다. 바람이 불면 바람막이가 되어주어야 하고, 존재의 기반이 위태로우면 그의 몸을 부축해주는 받침대가 되어주지 않으면 안 된다. 너와 나의 사이가 너무 가까우면 스스로 물러나 바람길을 내주어야 하고, 제 아무리 가깝다고 하더라도 그가 지닌 꿀단지를 다 비우게 해서는 안 된다. 좁쌀은 좁쌀끼리, 콩은 콩끼리, 사과는 사과끼리, 배는 배끼리 모여 살되, 서로가 서로의 관계를 파괴해서는 안 되고, 한 걸음 더 나아가, 종과 종, 혹은 민족과 민족은 상호 간의 경쟁과 그 협력의 관계를 파괴해서는 안 된다.

이 세상에는 홀로 존재할 수 있는 개인도 없고, 또한, 이 세상에는 혼자서만 살아남을 수 있는 종種도 없다. 만일, 이 세상에서 모든 꿀벌들이 사라진다면 어떻게 될 것일까? 만일, 이 세상에서 모든 꿀벌들이 사라진다면 꿀벌에 의하여 종을 번식하던 식물들이 사라질 것이고, 꿀벌에 의하여 종을 번식하던 식물들이 사라진다면 그 식물에 의해서 살아가던 모든 동물과 곤충들도 사라질 것이다. 이 세상에서 살고 있는 한 그 어느 누구도, 그 어떤 동식물들도 반사회적(반자연적)인 존재는 될 수가 없고, 심지어는 그의 반사회적인 행위마저도 사회적(자연적)인 질서 속에 수렴될 수밖에 없는 것이다. 자연의 질서는 아주 정교하고 과학적이며, 그 모든 것이 조화를 이루게 되어 있다.

너와 나는 남남이면서도 하나이고, 좁쌀과 콩, 혹은 사과와 배는 서로가 다른 종이면서도 '우리'이다. 토끼와 늑대도 원수지간이면서도 형제이고, 늑대와 호랑이도 원수지간이면서도 형제이다. 나는 나, 너는 너, 우리는 좁쌀 속에, 콩 속에, 또는 인간 속에, 호랑이 속에 서로가 서로 다른 삶을 살아갈지라도 그것은 우주공동체 속의 상호 협력의 관계일 수밖에 없는 것이다. 왜냐하면 모든 만물은 비록, 그 종種과 속屬이 다르고, 민족과 종교가 다르더라도 너와 나는 화학적으로나 생물학적으로 우주공동체의 한 가족이기 때문이다.

이병연 시인의 「너와 나 사이」는 우주공동체의 한 가족으로서의 자유와 사랑과 평화를 노래한 시라고 할 수가 있다. 시적 발상은 아주 단순하지만 그 주제는 가볍지 않고, 시적 주제는 가볍지 않지만 아주 감미롭고 부드러운 리듬 속에 우리가 살고 있는 우주공동체에 활력을 불어넣고 있는 것이다.

인간은 사랑을 하면 그 모든 것을 미화하고 이 세상을 아름다움으로 가득 채워 놓는다. 사랑은 자기 자신의 목숨마저도 돌보지 않는 열정이며, 이 열정이 있기 때문에 자기 자신의 아름다움은 물론, 그가 소속된 종의 건강과 행복이 보장된다. 나와 그녀는 선남선녀이며, 이 선남선녀들에게는 그 어떤 사건도 장애물이 되지 못하고, 그들의 지혜는 백전백승의 전략과 전술을 구사하게 된다. 사랑하는 사람은 아름다움에 극도로 민감하게 되고, 이 아름다움은 모든 사물들의 원형이자 목적 자체가 된다. 모든 시와 예술작품이 사랑의 노래인 까닭이 여기에 있는 것이며, 사랑으로 씌어진 예술작품만이 이상낙원을 지시하게 된다. 「꿈꾸는 학교」는 앎(지혜)을 생산해내고, 앎은 사랑을 창조해내고, 사랑은 아름다움(행복)을 창조해낸다. 사랑은 아름다움의 원동력이며, 아름다움은 모든 적과 동지, 모든 이방인들과 이교도들의 대립 갈등을 해소할 대통합의 상징이 된다. 사랑만이 아름다움을 창출해낼 수 있고, 아름다운 세계는 우주공동체이며, 우주공동체에서는 어느 누구나 행복하게 살 수 있다.

어린 학생들이 떠난 '꿈꾸는 학교'는 때로는 적막하고, 이 적막함이 '방법적인 성찰'처럼 새로운 사랑의 길을 만들어 낸다.

개성적 시각으로 형성한 상상력의 공간

박몽구 시인

개성적 시각으로 형성한 상상력의 공간

박몽구 시인

    시인은 언어를 통해 사물과 세계에 새로운 질서를 부여하는 사람이다. 일기나 여행기 류의 에세이처럼 있는 사실을 그대로 쓰는 게 아니라, 시인의 눈에 비친 사상事象들이 은폐하고 있는 이면의 진실을 드러내는 사람이다. 에둘러 다시 표현하자면 시인의 심상에 비친 사물은 사전적 의미를 벗어나 시인의 내면을 반영하는 하나의 통로가 된다는 것이다. 그런 점에서 시는 경험을 단순하게 진술하는 데 그치는 평면적인 산문과는 사뭇 다른 위상의 장르이다. 시에 등장하는 사물은 사전적 의미에서 벗어나, 상상력에 의하여 새로운 의미의 옷을 입게 된다.

    문학이론가 코울리지는 상상력을 수동적인 사물the passive things과 능동적인 정신the active thoughts을 결합하는 매개적 정신능력the intermediate faculty으로 정의하면서, 이를 인간의 직관적 인식능력과 관련된 일차적인 상상력과 대상에 대한 인식을 언어로 창조하는 이차적 상상력으로 나누고 이 중 이차적 상상력은 시인의 체험을 자각적으로 언어화하는 과정에 작용하는 것으로 설명한다. 비어즐리Beardsley, M. C.의 '의도의 오류' 이론도 이와 맥락을 같이 한다. 즉, 그는 작가의 의도를 파악하여 작품의 의미를 찾으려 할 때 생기는 잘못을 지적하면서, 작품은 작품 자체의 의미를 갖고 있어, 작가의 의도와는 무관하다는 입장을 피력한 바 있다. 이것은 시는 고정 관념만으로는 시의 의미를 파악할 수 없으며, 시인의 열어놓은 상상력의 공간에 주목하여야 한다는 것을 가리킨다.

풍부한 정신세계를 매개해 주는 이미지

이병연의 이번 특집 시들을 곰곰이 살펴보면서 풍부한 상상력에 바탕한 이미지의 형성이, 시인의 고매한 정신세계를 얼마나 풍부하게 매개해 주는가를 실감하게 된다. 그는 빗방울, 낙엽, 가을 등 일견 범상한 소재를 선택하고 있지만 사전적 의미에 얽매이지 않고 상상력의 공간을 풍부하게 열어놓고 있다. 이를 통해 서정시가 단순히 정서의 구사라는 외피를 넘어 시인의 고매한 세계관을 담는 그릇이라는 점을 절실하게 환기시키고 있다.

온몸을 오그리며
유리창을 꼭 붙들고 있다

서로의 경계를 허물고
빗방울 두서넛 뭉쳐 흐르다

이리저리 쏠리고 부딪힌
상처의 책임 소재 따지느라
길 찾을 엄두도 못 내고

본향에 가겠다는 의지는
턱에 걸려 꺾이고야 말았다

거친 시멘트 바닥 위에서
오도 가도 못하고
끙끙 앓고 있는

저 말라가는 빗물들
눈에 익은 모습들
― 「빗방울 단상」 전문

  유리창에 달려 있는 빗방울을 제재로 한 작품이다. 시인은 첫
부분에서 빗방울이 '온몸을 오그리며/ 유리창을 꼭 붙들고 있다'
고 언술하고 있는데, 여기서 빗방울은 단순히 사전적 의미를 넘
어 어려운 국면에 처해 있는 인간상을 환유하고 있다. 미끄러운
'유리창을 꼭 붙들고 있'는 것은 낭떠러지에 매달려 죽음의 위기
에 맞딱뜨린 사람의 모습을 선명하게 환기하고 있기 때문이다.
이어지는 연에서 '서로의 경계를 허물고/ 빗방울 두서넛 뭉쳐 흐
른다'고 표현함으로써, 위기를 헤쳐 나가는 방법은 동병상련의

마음으로 서로 힘을 합하여 헤쳐 나가야 하는 미덕을 제시하고 있다.

하지만 화자는 이어지는 전개 부분에서 이 같은 미덕은 구두선일 뿐 실천되지 못한다는 것을 환기한다. 즉, '이리저리 쏠리고 부딪힌/ 상처의 책임 소재 따지느라/ 길 찾을 엄두도 못 내고 … 의지는/ 턱에 걸려 꺾이고야' 마는 현실을 직시하고 있다. 나아가 결구 부분에서 '거친 시멘트 바닥 위'에 떨어져 '오도 가도 못하고/ 끙끙 앓'다가 '말라가는 빗물들'이라는 이미저리의 제시를 통해, 요즈음 위기 국면에서 힘을 합해 함께 헤쳐가지 못하고 동반 추락하고 마는 세태를 절실하게 환기하고 있다.

사물 언어로 상상력의 공간 활짝 열다

시인의 의도를 섣불리 내비치지 않으면서, 사물 주어를 통하여 상상력의 공간을 활짝 열어놓는 품이 돋보이는 작품이다. 나아가 서정시가 감정의 토로를 넘어 시인의 세계관을 함축적으로 담는 그릇임을 잘 보여주고 있다.

언니는 별것 아닌 걸 갖고 잘 웃어

이불 밖으로 나온 발

고무줄에 걸린 다리

금을 벗어난 공

음계를 이탈한 소리들이

웃음의 문고리를 확 잡아 재껴

굳은 하루를 열어주고

메마른 가슴에 비를 내려주고

너에게 이르는 길을 내줘
— 「웃음의 두레박」 전문

일상에서 누구나 한번쯤은 경험한 사건들을 새롭게 들여다보
는 시인의 남다른 시각이 엿보이는 작품이다. 화자는 언뜻 별다
른 필연적 연관성이 없는 '이불 밖으로 나온 발', '고무줄에 걸린
다리', '금을 벗어난 공', '음계를 이탈한 소리'라는 이미지들을
제시하고 있다. 뫼비우스의 띠처럼 연달아 제시되는 이미지들
의 공통 분모를 찾는다면 가지런한 질서로부터의 일탈이 아닌가
한다. 그것은 오류나 잘못이 아닌 다분히 의도된 일상으로부터
벗어나고픈 욕망을 환기한다.

자크 라캉은 이 같은 인간의 심리 단계를 가리켜 상징계the
symbolic이라고 규범 짓는다. 그 전 단계인 상상계the imagenary
에서 인간은 모성의 보호를 받으며 그지없는 평화와 안정을 누

리지만, 부모로부터 분리되어 사회생활에 접어들면서 이 같은 보호막은 여지없이 깨진다. 하지만 인간은 태어나면서 누린 모성애적 사랑을 갈망하면서 그에 다가가기 위한 끝없는 도정을 거듭하게 된다고 한다.

여기서 제시된 '이불 밖으로 나온 발' 이미지는 화자가 위치해 있는 현실을 가리키며, 역으로 따스한 이불 안으로 들어가고 싶다는 욕망을 환기한다. 모성의 따스함을 상징하는 이불은 비좁아서 화자가 넉넉하게 몸을 덮기에는 턱없이 모자란다는 인식을 담지하고 있다. 이어지는 '고무줄에 걸린 다리' 이미지 역시 쉽게 넘을 것 같지만 예기지 않게 걸려 좀처럼 앞으로 나아가지 못한 채 묶이고 마는 사람살이를 환기한다. 이처럼 모든 이미지들이 사람살이에서 부딪치게 마련인 난관들을 넘어 안정된 세계로 진입하고픈 욕망을 환기한다. 문면의 의미를 벗어나 반대의 세계로 다가가고픈 희망을 환기하는 역설의 세계이다.

화자는 결구에서 이 같은 의도에서 어긋난 일탈들이 '굳은 하루를 열어주고// 메마른 가슴에 비를 내려주고// 너에게 이르는 길'이라고 말한다. 즉, 잘 풀려가는 일들이 아닌 얽히고 설킨 매듭이야말로 삶을 생동감 있게 이끌어가는 동력이라는 점을 환기시키고 있다.

울음주머니 차고 다닌다

핏빛으로 멍울진
가쁜 사랑의 노래

날아봐야지
마지막 날갯짓

처연히 바람에 뒹구는 낙엽
바스락바스락

울음주머니의 꼭지를 잠가주는
과자 바스러지는 소리
자꾸 밟고 싶은 그 소리
― 「늦가을」 전문

　이병연 시인은 사물의 외양에 눈길을 주기보다 언제나 그것이 감추고 있는 내면을 탐구하는 데 부심하고 있다. 위의 시의 경우에도 '가을'과 '울음주머니'를 은유의 다리로 연결해 놓음으로써 우리의 고정관념을 파삭 깨뜨리고 있다. 가을을 결실의 계절로 간주하는 통상적 인식과는 사뭇 다른 대척점에 시선을 옮겨 놓고 있다. 전개 부분에서 화자는 '핏빛으로 멍울진/ 가쁜 사랑의 노래'와 '날아봐야지/ 마지막 날갯짓'이라는 병치並置 이미지를 제시하고 있는데, '핏빛', '멍울', '마지막' 등의 시어들을 통하여 화자를 넘어 동시대를 살아가는 민초들이 결실의 배분에서 소외되어 있다는 인식을 담지하고 있다. 그런 점에서 낙엽은 단순히 고엽枯葉이라는 의미를 넘어 인간다운 삶으로부터 배제되어 있는 현실을 환기하는 이미지이다.

또한 결구 부분에 제시된 '울음주머니의 꼭지를 잠가주는/ 과자 바스러지는 소리/ 자꾸 밟고 싶은 그 소리'는 청각과 시각이 조화를 이루고 있는 이미저리이다. '울음'과 '과자' 그리고 '자꾸 밟고 싶'다는 이미지들의 연쇄를 통하여, 소외를 스스로 즐겁게 딛고 일어설 때 깨끗한 희망의 내일은 열릴 수 있다는 사유를 펼쳐 보이고 있다. 겉으로 드러내는 법이라곤 없이, 선명한 이미지를 간직한 시어들을 중심으로 한 명징한 사물언어가 깊은 의미를 담지하고 있는 작품이다.

머리에 흰 눈이 내린 촌부가

흑갈색 쇳물이

덕지덕지 배어난 함석 문을

고운 듯 어루만지며

삭아서 아름답구나

겨울 햇살이

촌부의 늙은 손을 따라간다

처음 왔을 때의 설렘

오랜 세월 상처로 얼룩져 아파했을

낡은 것들의 가슴을 안아주는

촌부의 마음을

흰 부추꽃 같은 겨울 햇살이

조근조근 어루만지고 있다

— 「삭아서 아름다운」 부분

은행잎 아직도 노랗게 반짝이는데

첫눈이 햇살 받아 반짝이며

서둘러 찾아온 건

낮은 음으로 흐르는 늦가을

외로운 사람들 많아

벽장에 넣어둔

첫마음 꺼내 덮고

시린 밤 따뜻하게 자라는 것이다

— 「도돌이표」 부분

　낡은 것들, 오래 된 것들을 골라 외양을 넘어 그것이 간직한 내면적 의미를 반추하고 있는 작품들이다. 앞의 시들과는 다른 견지에서 명징한 묘사와 진술이 어울린 가운데, 겉으로 제시된 문면을 벗어나 풍부한 의미를 환기시키는 전략을 취하고 있다.

낡은 것들에서 숨은 생명력을 견인하다

　앞에 든 시에서는 낡아서 삭는 함석 문이 제재로 제시되어 있다. 화자는 그것을 '촌부의 늙은 손'과 대비시키면서 켜켜이 쌓아온 시간을 낡은 것이 아니라 아름다운 결실이라는 사유를 이끌어내고 있다. '흑갈색 쇳물이/ 덕지덕지 배어난 함석 문을/ 고운 듯 어루만지며/ 삭아서 아름답구나/ 겨울 햇살이/ 촌부의 늙은 손을 따라간다'는 대목에는 그 같은 사유가 명징한 묘사와 진술을 아울러 제시되어 있다. 나아가 화자는 '흰 부추꽃 같은 겨울 햇살'이라는 비약적 이미지를 통해, 시간의 켜는 결코 낡는 법이 없으며 아름다운 부추꽃으로 결과한다고 말한다. 결국 인간의 삶은 퇴색하거나 부스러지는 일은 없으며, '겨울 햇살'로 상징되듯 다음 세대를 위한 따스한 자양이 된다는 사유를 함축하고 있는 셈이다.

뒤에 든 시에서 시인은 늦가을을 맞아 수북이 떨어진 은행잎 위에 떨어진 첫눈에 주목하고 있다. 화자는 '첫눈이 햇살 받아 반짝이며/ 서둘러 찾아온'다고 언술함으로써, 가을을 조락이 아닌 새로운 탄생의 의미와 연계시키고 있다. '서둘러'라는 부사 은유를 통하여 차가운 겨울에 굴복하지 않고 보다 나은 내일을 위한 준비에 박차를 가해야 한다고 힘주어 말하고 있는 셈이다.

이어지는 연에서 쌓은 은행잎을 '벽장에 넣어둔/ 첫마음 꺼내 덮'는 이불로 은유하고 있는 것도 같은 맥락에서 읽힌다. 혹독한 추위 몰아치는 겨울을 이기는 것은 스스로를 감싸며 '시린 밤 따뜻하게' 이기는 것밖에는 없다는 내면적 성찰에 다름 아니다. 마치 수채화의 붓이 지나간 듯 부드러운 서정적 터치에 머물지 않고 시인의 단단한 세계관을 담지해 내고 있는 작품이다.

이제까지 이병연 시인의 근작들을 중심으로 그의 시세계를 살펴보았다. 그가 채택하고 있는 소재들은 손때 묻은 일상에서 고른 것들이지만 심상함을 넘어 깊은 내면적 의미를 환기하는 전략을 취하고 있다. 그는 몇 개의 핵심적 이미지를 제시한 다음 그것이 함축하고 있는 새로운 의미를 견인해냄으로써 세계를 새롭게 들여다보도록 배려하고 있다.

또한 그는 섣불리 의중을 드러내는 법이 없이 사물언어를 주어로 배치함으로써 독자들의 눈을 낯설게 하고 있다. 그것들은 지배소가 되어 시의 골격을 이끌어가는 한편 사전적 의미를 벗어나게 만드는 데 공헌하고 있다. 중요한 것은 시에 제시된 사물 이미지들이 단순한 시적 장치를 넘어 사람살이의 국면국면을 곡진하게 환기하고 있다는 점이다. 그런 점에서 감상적 서정과는 거리를 두면서, 객관적 상관물을 통한 의미의 환기라는 현대시의 특질을 잘 드러내 준다.

이번 시들을 통하여 이병연은 가까운 자연에서 소재를 구하면서도 낡은 서정에 머물지 않고 풍부한 의미를 환기하는 데 성공을 거두고 있다. 서정시의 실종을 안타까워하는 목소리들이 날로 높아져 가고 있는 오늘, 이 같은 이병연의 시들은 오늘 우리 시단을 팽배한 도시적 해체시, 의미를 종잡을 수 없는 극단적 상상력으로 치닫는 시들을 반성적으로 돌아보는 계기가 되리라고 본다. 그가 사물언어를 통하여 풍부한 의미를 이끌어내는 시적 방법론을 더욱 심화하고, 나아가 소재 면에서도 도시적 일상 속의 사물들로 시각을 넓힌다면 더욱 진경이 열릴 것으로 전망된다. 그가 더욱 정진하여 우리 서정시의 양상을 일신하는 한 지렛대가 되어주기 바라면서 조촐한 논의를 마친다.

이병연 시집

적막은 새로운 길을 낸다

발　　행 2020년 8월 15일
지 은 이 이병연
펴 낸 이 반송림
편집디자인 김지호
펴 낸 곳 도서출판 지혜 · 계간시전문지 애지
기획위원 반경환 이형권
주　　소 34624 대전광역시 동구 태전로 57, 2층 도서출판 지혜 (삼성동)
전　　화 042-625-1140
팩　　스 042-627-1140
전자우편 ejisarang@hanmail.net
애지카페 cafe.daum.net/ejiliterature

ISBN : 979-11-5728-407-8 03810
값 10,000원

이 책의 판권은 지은이와 도서출판 지혜에 있습니다.
양측의 서면 동의 없는 무단 전제 및 복제를 금합니다.

이병연

1959년 충남 공주에서 다섯 딸 중 둘째 딸로 태어났다. 공주사대 국어교육과를 졸업하고 공주대에서 '시에 있어서의 은유 교육 방법 연구'로 문학석사 학위를 받았다. 1982년부터 국어교사로 학생들을 가르쳤고, 현재 면천중학교에서 교장으로 근무하고 있다. 2016년 시 계간지 『시세계』로 등단하였고, 시집으로는 『꽃이 보이는 날』이 있다.

이병연의 두번째 시집 『적막은 새로운 길을 낸다』에서 시인은 일상생활에서 만나게 되는 자연과 인간의 삶을 애정 어린 시각으로 바라보고 있다. 굽지 않고 가는 것도 없고 의미가 없는 사물도 없으며, 늙거나 젊거나 어리거나 그 존재 자체만으로 소중하며 사랑받아야 한다고 시인은 노래한다.

코로나19로 쓸쓸하고 적막한 시간, 사랑과 꿈을 심어 주고 위로와 위안을 주는 시집이다.

이메일: yeon0915@hanmail.net